Fred,

die kleine Feldmaus

Ein Aufbruch ins Abenteuer

von Brunhilde Schwarz

Fred kam in einer lauen Sommernacht zusammen mit seinen beiden Schwestern Mary und Jenny zur Welt.

Alle drei waren bei ihrer Geburt nackt und blind.

Als Babys stießen sie in ihrem engen Mäusenest ständig aneinander und tapsten unbeholfen in der Dunkelheit umher.

Am wohlsten fühlten sie sich, wenn ihre Mutter von der Futtersuche nachhause kam und sie sich an ihr warmes Fell schmiegen konnten und Mum ihnen tolle Abenteuergeschichten aus der großen, weiten Welt erzählte.

Bei Fred stieß sie dabei auf ihren besten Zuhörer.

Fred war der Neugierigste von allen drei Geschwistern und derjenige, der am liebsten ihren Erzählungen lauschte.

Als die Augen der drei Mäusekinder sich öffneten und sie in der gleichen Zeit ein warmes Fell bekamen, hatte das langweilig Herumliegen endlich ein Ende. Bald schon hielt es Fred in dem engen Nest nicht mehr aus. Die Geschichten seiner Mum hatten ihn neugierig auf die Welt gemacht. Am liebsten wollte er den ganzen Erdball schon am ersten Tag kennen lernen. Es war nicht besonders schwer, das Nest und die alte Scheune, in der es hinter Holzscheiten versteckt war, zu verlassen.

Seine beiden Schwestern waren immer gemeinsam mit Angelika, ihrer Mum, auf Futtersuche.

Am ersten Tag erforschte er noch sehr vorsichtig, gleich hinter dem Holzschuppen, eine bunte Blumenwiese mit hohen Gräsern und noch höheren Bäumen.

Der zweite Tag war sein Glückstag.

Denn Fred machte schon ganz früh am Morgen seine ersten Bekanntschaften mit Rosi, dem Schmetterling, und Hugo, dem Hirschkäfer.

Auch sie freuten sich darüber, ihn kennen zu lernen und wussten so manche spannende Geschichten von fremden Orten und seltsamen Lebewesen zu berichten, von denen selbst seine Mum noch nie etwas gehört hatte.

Für den kleinen Mäusejungen gab es nun kein Halten mehr.

Es verging kein einziger Tag, an dem er nicht aus dem Nest und dem Holzschuppen verschwand, um sich mit seinen neuen Freunden auf der Wiese zu treffen. Eines Tages lernte er dabei Matzi, die Amsel, kennen. Matzi und Fred verstanden sich so gut, dass sie beste Freunde wurden. Außerdem konnte sie die besten Geschichten von allen erzählen.

Als er mit seiner Mum darüber sprach, meinte sie nur, dies sei kein Wunder, denn Matzi sei ein Vogel und könnte ohne Angst zu haben alles von oben aus beobachten.

Wenn es gefährlich würde, könnte sie einfach davonfliegen.

Fred war bisher noch nie einem Menschen begegnet.

Durch seine Mum und Matzi wusste er, dass sie riesig waren und noch viel gefährlicher als Katzen.

Außerdem mochten sie keine Mäuse und stellten ihnen deshalb Fallen und legten sogar giftige Köder aus.

Freds Mum hieß, wie ihr wisst, eigentlich Angelika, doch die anderen Mäuse nannten sie alle nur Angie.

Sie war sehr schlau und versuchte deshalb ihrem kleinen Jungen zu erklären, dass er sich von den Menschen und ihren Häusern fernhalten sollte.

Doch nicht weit von der Wiese gab es ein winziges Dorf mit einer Kirche und drei Bauernhäusern, die auf den vorwitzigen Fred eine eigenartige Anziehung ausübte.

Immer öfter wünschte er sich, so ein Backsteinhaus von innen zu sehen.

Ihr könnt es euch sicher denken was geschah!

Endlich war es so weit und Fred hatte Mut gefasst.

Ehe es seine Mum verhindern konnte, machte er sich auf den Weg. Schon bald merkte er, dass das Vorankommen durch das hohe Gras schwieriger war als er gedacht hatte.

Zudem musste man auf der Hut sein, um nicht entdeckt oder von einem Traktor überfahren zu werden.,

Doch nach vielen Stunden hatte er es geschafft,

Heftig schnaufend stand Fred vor einem riesigen Haus mit einem roten Dach.

Wie sollte er da nur hineinkommen? Das war eine gute Frage.

Als er an der Hauswand nach oben schaute, erkannte er auf dem Dachfirst Matzi.

Im letzten Moment warnte sie ihn vor einer bösartigen Katze, die nichts besseres vor hatte, als den Träumer zu fangen.

Ein Loch, in der Hauswand, in das er verschwinden konnte, hatte ihn gerettet. Uff! Das war gerade noch einmal gut gegangen.

Von hier aus ließ sich alles viel leichter beobachten, ohne dass er selbst entdeckt werden konnte.

Draußen auf dem Hof wurde jetzt die Katze von einem Hund gejagt und hinter dem Hund schrie ein Mensch, er solle die Katze in Ruhe lassen.

So sah also die Katze, der Hund und der Mensch aus.

Fred freute sich, in Sicherheit zu sein, denn der Mensch war riesig groß und er hatte ihn viel zu spät gesehen.

Vielleicht war es besser sich in dem dunklen Versteck für eine Weile zu verkriechen und dabei die Lage auf dem Hof im Auge zu behalten? Es dauerte nicht lange bis er merkte, dass er sich nicht in einem Mauseloch, sondern in eigentlich in einem schmalen, verwinkelten Gang befand, der an manchen Stellen dummerweise sogar mit kleinen Kieselsteinen verschlossen war.

Es kostetet ihn viel Mühe, die Dinger immer wieder zur Seite räumen zu müssen.

Doch wer viel arbeitet, bekommt am Ende die Belohnung.

Plötzlich stand er in einem wunderschönen warmen Mäusenest mit vielen Bildern an den Wänden und einem richtigen Bett mit einer Decke zum Hineinkuscheln.

Fred konnte es nicht glauben. Nach dem langen Weg durch die Wiese war er natürlich richtig müde und das mühsame Wegräumen der blöden Kieselsteine hatte zusätzlich Kraft gekostet.

Doch bevor er sich zum Schlafen in das Bett legte, sagte ihm seine empfindliche Nase, dass es hier noch ganz andere Dinge zu finden gab.

Er musste nur eine Schranktür öffnen, und da purzelten ihm schon die leckersten Sachen entgegen.

Käse, Schinken, Speck, Würstchen und noch vieles mehr.

Ehrlich gesagt, Fred glaubte wirklich, im Schlaraffenland angekommen zu sein, von dem ihm seine Mum erzählt hatte.

Als er mehr als genug von den feinen Sachen gegessen hatte, reichte seine Kraft gerade noch aus, um sich in das Bett zu schleppen und die Decke über seinen Kopf zu ziehen.

Fred schlief noch nicht sehr lange, als er eine warme Hand auf seiner Schulter spürte.

Zuerst dachte er, es sei seine Mum.

Als eine ganz andere Stimme zu ihm sprach: „Na, du kleiner Mäusemann, wie kommst du denn in mein Nest?", wusste er zuerst nicht, was er tun sollte.

Vorsichtig machte er seine Augen auf, um in ein freundliches, strahlendes, rundes Mäusegesicht zu sehen.

Fred hatte großes Glück. Wie sich herausstellte, war er bei Frieda, einer alten Hausmaus, gelandet, die schon seit vielen Jahren zwischen den Wänden des roten Klinkerhauses lebte.

Ihre eigenen Kinder waren längst alle ausgezogen.

Fred war nicht der erste neugierige Mäusejunge, der den Weg zu ihr gefunden hatte. Weil sie so alt war, kam sie schon lange nicht mehr sehr weit aus ihren vier Wänden. Deshalb wollte sie von Fred wissen, was da draußen alles so los sei.

„Weißt du, ehe Du erzählst, mache ich dir eine schöne, warme Milch und hole ein paar leckere Schokoplätzchen aus meiner Naschkiste."

Viel schneller als er dachte, hatte sie den Tisch gedeckt, und Fred konnte zum zweiten Mal nicht glauben, was es für köstliche Dinge zu naschen gab.

Er hatte auf jeden Fall noch nie so etwas Herrliches gegessen und getrunken.

Frieda war glücklich ihm zuzuhören als er damit begann, von seiner langen Reise, seiner Mutter Angie, die eigentlich Angelika hieß, und seinen beiden Schwestern Mary und Jenny zu berichten.

Sie war überzeugt davon, dass seine Mutter und seine beiden Schwestern sich bestimmt sehr große Sorgen um ihn machten und schon seit Stunden nach ihm suchen würden.

Womöglich glaubten sie sogar, der Fuchs hätte ihn gefressen oder er sei in den Bach am oberen Ende der Wiese gefallen und dabei ertrunken.

Das waren eine ganze Menge schrecklicher Gedanken, doch Fred war viel zu müde und voll gegessen, um den langen Weg noch vor der Dunkelheit zu schaffen.

Selbst Frieda konnte sehen wie müde er war.

Deshalb sagte sie auch: „Draußen im Gemüsegarten wohnt Hans, die Heuschrecke. Ich sage ihm gleich, er möge zu deiner Mutter springen und ihr ausrichten, dass du bei mir bist", sprach sie und eilte auch schon davon.

Der hüpfende Hans war froh über jeden Auftrag, den er bekam. Noch bevor der Mond am Himmel stand, konnte er Freds Mutter die gute Nachricht überbringen, dass ihr Sohn bei guter Gesundheit sei.

In dieser Nacht schlief Fred, der Mäusejunge, sehr wenig.

Auch wenn es ihm eigentlich richtig gut ging, denn er hatte schon bald großes Heimweh nach seiner Mutter und seinen Schwestern bekommen.

Die gute Frieda mochte gar nicht mit ansehen wie der kleine, tapfere Kerl mit den Tränen kämpfte, bis sie ihn tröstend in ihre Arme nahm.

Am nächsten Morgen wartete ein großes Frühstück auf den Ausreißer, an dessen Seele noch immer das Heimweh nagte.

Immer noch war zu sehen, wie er mit sich rang, doch scheinbar bekam er keinen einzigen Bissen herunter.

„Du musst essen", waren Friedas erste Worte nach dem Aufstehen an ihn, „sonst wirst du vor Hunger den weiten Weg zurück nicht schaffen. Damit du beruhigt bist, werde ich dich begleiten.

Hör zu was ich dir zu sagen habe.

Deine Mutter Angelika ist meine Nichte. Ich wollte euch schon lange besuchen. Leider ist mir immer etwas dazwischen gekommen.

Jetzt habe ich einen guten Grund und du musst nicht alleine zurückgehen."

Freds Freude stand ihm im Gesicht geschrieben.

Doch die gute Frieda wäre nicht Frieda, wenn sie sich nicht eine Überraschung bis zum Schluss aufgehoben hätte.

Zuerst packte sie einen alten Wanderrucksack, wobei Fred schon dachte, jetzt geht es gleich los.

Aber er musste noch ein Weilchen warten. Ihr ausgestreckter Finger zeigte auf ein winziges Loch in der Wand, das ihm vorher noch gar nicht aufgefallen war.

„Komm, nun zeig ich dir das Haus und die Menschen, weswegen dich die Neugierde gestern hierher getrieben hat."

Der arme Kerl wusste nicht ob er lachen oder weinen sollte.

Das wäre das größte Abenteuer seines Lebens, doch gerade eben war ihm sein Herz in die Hose gerutscht.

Frieda sprach schon längst weiter: „Hüte dich vor der Katze und den Menschen. Sie sind sehr gefährlich.

Deshalb halte dich immer an meiner Seite." Für Fred gab es gar keine Chance, nein zu sagen.

Frieda lief einfach darauf los, ohne zu wissen, dass Fred längst mit seinen Gedanken bei seiner geliebten Blumenwiese, Rosi, dem Schmetterling, Hugo, dem dicken Hirschkäfer, und natürlich Matzi, der singenden Amsel, war.

Was würden seine Freunde sagen, wenn er ihnen von seinem großen Abenteuer berichten würde?

Er hatte vor lauter Träumen von dem roten Klinkerhaus und seinen Bewohnern nichts mitbekommen.

Fred war glücklich, schon bald wieder nach Hause zu kommen.

Frieda kannte eine Abkürzung und die Wiese mit all seinen Freunden rückte immer näher.

Nach einer halben Stunde hatten sie es geschafft.

Seine Mutter war glücklich darüber, ihren Sohn wohlbehalten zurück zu haben und nach so langer Zeit ihre Tante Frieda wieder zu sehen.

Damit hatte sie am allerwenigsten gerechnet.

Freds Schwestern piepsten vor Freude so laut durcheinander, dass er kein Wort verstehen konnte.

Später als Tante Frieda gegangen war, wurde ihm erst richtig klar, was für ein Glück und was für eine gute Mum er hatte.

Danach fielen ihm seine beiden Schwestern ein und ein wahrhaft großer Gedanke setzte sich bei ihm fest.

Wie schön ist es, eine Familie und ein Zuhause zu haben, wo man sich geborgen fühlt.

Tante Frieda kam jetzt immer öfter zu Besuch und brachte die besten Sachen mit.

Man durfte sie nie danach fragen, wie sie an all die tollen Schleckereien gekommen sei. Wenn sie bei ihnen war, behauptete sie immer, mit ihnen wäre ihr Leben erst richtig schön geworden.

Als Fred älter wurde, erlebte er noch viele tolle Abenteuer.

Doch auf all seinen Erkundungen vergaß er nie, dass es seine Mutter war, die ihm das Leben geschenkt hatte.

Impressum

Fred, die kleine Feldmaus - Ein Aufbruch ins Abenteuer

© 2022 von Brunhilde Schwarz

Herausgeber: Hans-Jürgen Sträter

Herstellung und Verlag: BoD - Books on Demand Norderstedt

ISBN: 9783756238354

Bildnachweis: Bilder wurden erstellt mit DALLE-E Ausgabe vom 15.

Oktober 2022